讀兒歌學中文

3

目次

目次

第15篇 唱跳篇

目次

第11篇

以「二」開始篇

眾樂

一隻田雞咕咕叫，
二隻田雞咯咯叫，
三隻田雞滿田跳。

眾 ㄓㄨㄥˋ zhòng

眾 眾 眾

♪許多的人。例：群眾、觀眾。

♪平凡的、普通的。例：芸芸眾生。

♪許多的。例：眾多。

咯 ㄍㄜ gē

咯 ㄌㄨㄛˋ lùo

咯 ˙ㄌㄛ lo

ㄍㄜ

♪形容笑聲。例：咯咯笑。

♪形容輕脆短暫的聲音。例：咯咯的嗑瓜子聲。

♪形容雞叫聲。例：公雞咯咯叫。

ㄌㄨㄛˋ

♪由喉頭用力清出異物來。例：咯血。

˙ㄌㄛ

♪語末助詞。例：「來咯！」、「當然咯！」

一放雞

一放雞，二放鴨，
三分開，四相疊，
五打胸，六拍手，
七紡紗，八摸鼻，
九拉耳，十拾起。
十一坐金交椅。

鴨 ㄧㄚ yā

鴨 鴨 鴨

♪動物名。例：烤鴨、番鴨。

分 ㄈㄣ fēn

分 ㄈㄣˋ fèn

ㄈㄣ

♪與「合」相對。例：分割、分離。

♪成績或競賽勝負的記數。例：滿分、零分。

♪時間的名稱。例：六十分為一小時。

ㄈㄣˋ

♪職責、地位。例：身分。

♪情誼、關係。例：緣分。

♪不是全部的。例：部分。

疊 ㄉㄧㄝˊ dié

♪堆聚、累積。例：堆疊、疊羅漢。

♪用手折疊。例：疊被。

♪量詞。例：一疊紙。

小學生

一年的空空，
二年的孫悟空，
三年的吐劍光，
四年的凸風，
五年的上帝公，
六年的閻羅王。

孫 ㄙㄨㄣ
sūn

孫
孫
孫

♪稱兒子的子女。例：祖孫。

悟 ㄨˋ wù

♪明白、覺醒。例：恍然大悟。

吐 ㄊㄨˇ tǔ
吐 ㄊㄨˋ tù

ㄊㄨˇ

♪使東西從口中出來。例：吐痰。

♪發出、說出。例：吐露、一吐為快。

ㄊㄨˋ

♪由胃逆出。例：嘔吐、上吐下瀉。

劍 ㄐㄧㄢˋ jiàn

♪武器名。例：利劍。

♪量詞。例：身上中了七劍。

凸 ㄊㄨˊ tú

♪高出的、突出的。例：凸眼、凸透鏡。

炒土豆

一年的炒土豆，
二年的食土豆，
三年的食了了，
四年的食無夠，
五年的更再炒，
六年的食夠飽。

炒 ㄔㄠˇ chǎo

炒 炒 炒

♪一種烹飪方法。例：炒菜、炒飯。

夠 ㄍㄡˋ gòu

夠 夠 夠

♪表示達到一定的數目。例：錢不夠。

♪表示達到適當程度。例：夠快、夠好。

♪膩、厭煩。例：受夠、聽夠。

再 ㄗㄞˋ zài

再 再 再

♪第二次、又一次。例：再見。

♪繼續。例：再接再厲。

♪表示一個動作接續在另一動作結束之後。例：先吃水果再吃飯。

七樣果

一二三（ㄧㄦㄙㄢ），三二一（ㄙㄢㄦㄧ），

三四五六七（ㄙㄢㄙˋㄨˇㄌㄧㄡˋㄑㄧ），

七棵樹上七樣果（ㄑㄧㄎㄜㄕㄨˋㄕㄤˋㄑㄧㄧㄤˋㄍㄨㄛˇ）：

蘋果（ㄆㄧㄥㄍㄨㄛˇ），桃兒（ㄊㄠˊㄦ），

葡萄（ㄆㄨˊㄊㄠˊ），柿子（ㄕˋㄗ），

李子（ㄌㄧˇㄗ），栗子（ㄌㄧˋㄗ），

梨（ㄌㄧˊ）。

樣 ㄧㄤˋ yàng

樣 樣 樣

♪量詞。計算事物種類的單位。例：兩樣菜。

♪形式、形狀。例：圖樣、依樣畫葫蘆。

♪種類。例：各式各樣。

蘋 ㄆㄧㄥˊ píng

蘋 蘋 蘋

♪水果名。例：蘋果。

李 ㄌㄧˇ lǐ

李 李 李

♪植物名。例：李子。

♪姓氏。

栗 ㄌㄧˋ lì

栗 栗 栗

♪果實叫栗子，炒了吃，很香。木質堅硬，可造器具。例：栗子。

♪畏懼，通「慄」。例：不寒而栗。

一籮麥

一籮麥，
二籮麥，
三籮開手打蕎麥。
劈劈拍，
劈劈拍，
劈劈拍……

籮 ㄌㄨㄛˊ lúo

籮 籮 籮

♪方底圓口的竹器，可用來盛物。例：籮筐。

蕎 ㄑㄧㄠˊ qiáo

蕎 蕎 蕎

♪植物名。例：蕎麥。

劈 ㄆㄧ pī

劈 劈 劈

♪用刀斧等從縱面將物體破開。例：劈成兩半、直劈而下。

♪雷擊。例：天打雷劈。

♪朝著、對著。例：劈頭。

先生

一去二三里，
先生出去買米。
煙村四五家，
先生的米到家。
亭臺六七座，
先生的米下鍋。
八九十枝花，
先生去鏟鍋巴。

里 ㄌㄧˇ lǐ

♪地方政府行政區域之一。例：中山里。

♪故鄉。例：故里。

村 ㄘㄨㄣ cūn

♪鄉民聚居的地方。例：鄉村。

亭 ㄊㄧㄥˊ tíng

♪一種供辦公或營業使用的小型房子。例：票亭、電話亭。

座 ㄗㄨㄛˋ zuò

♪量詞。計算有底座或大型動物體的單位。例：一座山。

♪位子、席位。例：讓座、高朋滿座。

♪器物的托架。例：瓶座、香爐座。

鏟 ㄔㄢˇ chǎn

♪一種帶把的金屬器具，可削平或撮取東西。例：鍋鏟。

♪削平挖除。例：鏟平。

一螺巧

一螺巧，二螺拙，
三螺四螺不用說，
五螺六螺騎紅馬，
七螺八螺有官做，
九螺十螺開當鋪。

螺 ㄌㄨㄛˊ
lúo

螺
螺
螺

♪動物名。例：田螺、海螺。

♪螺製器物。例：吹螺擊鼓。

巧 ㄑㄧㄠˇ qiǎo

♪靈活、聰慧。例：靈巧。

♪技藝精妙。例：巧手。

♪恰好。例：碰巧。

拙 ㄓㄨㄛˊ zhuó

♪愚笨、不靈活。例：弄巧成拙。

♪謙稱自己的。例：拙見。

♪古樸的、未加修飾的。例：樸拙。

當 ㄉㄤˋ dàng 當 ㄉㄤ dāng

ㄉㄤˋ

♪用物品向當鋪抵押借錢。例：典當。

♪合宜。例：恰當、適當。

♪圈套、詭計。例：勾當、上當。

ㄉㄤ

♪彼、那。指在事情發生的時間內。例：當時、當天。

♪承受。例：敢做敢當、當之無愧。

♪對著、向著。例：當面談話、當機立斷。

一的炒米香

一的炒米香，
二的炒韭菜，
三的沖沖滾，
四的炒米粉，
五的五將軍，
六的有六子，
七的蚵仔煎麵線，
八的甲伊分一半，
九的九嬸婆，

十的打大鑼，
打你千，打你萬，
打你一千零五萬。

粉 ㄈㄣˇ fěn

♪細末。例：花粉、洗衣粉。

♪塗抹、塗飾。例：粉刷。

將 ㄐㄧㄤ jiāng
將 ㄐㄧㄤˋ jiàng

ㄐㄧㄤ

♪會、可能。例：將要。

♪把。例：將書收好。

♪下象棋時，攻擊對方的將棋或帥棋。例：將他一軍。

ㄐㄧㄤˋ

♪團體中的成員。例：主將。

♪高級軍官。例：大將。

煎 ㄐㄧㄢ jiān

♪一種烹飪方法。例：煎蛋。

♪熬煮。例：煎藥。

♪逼迫、折磨。例：煎熬。

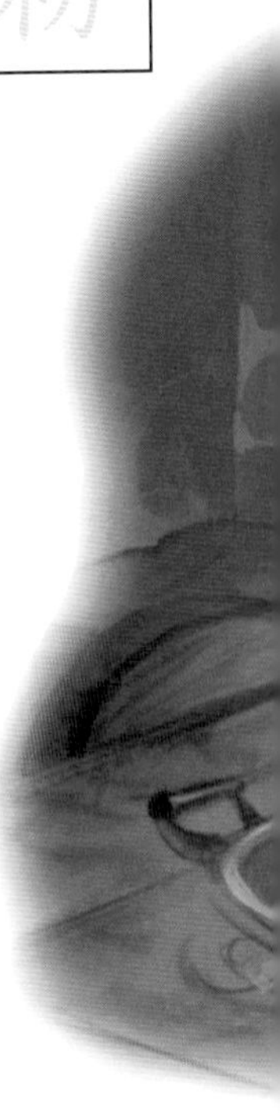

生字
粉
將
煎

一的炒米蔥

一的炒米蔥，
二的炒韭菜，
三的沖沖滾，
四的炒米粉，
五的滾鰕鯙。
六的做官，
七的站著看，
八的剩一半，
九的火燒山，
十的蚵仔煮麵線。

鰕鯙：蝦米。

站 ㄓㄢˋ zhàn

站 站 站

♪直立。例：站立、站著。

♪旅途中供人休息或轉換交通工具的地方。例：車站、休息站。

♪機關團體為方便聯絡與服務，在各地設立的小型單位。例：福利站、加油站。

剩 ㄕㄥˋ shèng

剩 剩 剩

♪多餘的。例：剩飯、剩菜。

♪多餘、餘留。例：剩下。

蚵 ㄎㄜ kē

蚵 蚵 蚵

♪閩南方言。指牡蠣。例：青蚵、蚵仔煎。

麵 ㄇㄧㄢˋ miàn

麵 麵 麵

♪由麥子研磨成粉或再加工而成的食品。例：麵粉、麵條。

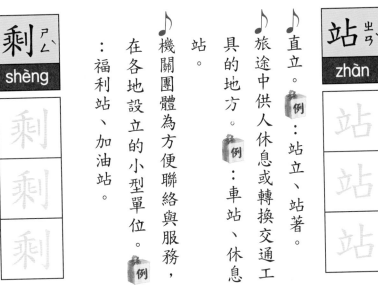

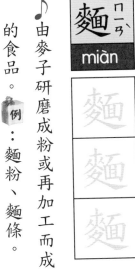

一鼠

一鼠賊仔名，
二牛駛犁兄，
三虎爬山崎，
四兔遊東京，
五龍皇帝命，
六蛇受人驚，
七馬跑兵營，
八羊食草嶺，
九猴爬樹頭，

十雞啼三聲，
十一狗吠阿兄，
十二豬菜刀命。

名 ㄇㄧㄥˊ míng

♪人的稱號。例：尊姓大名、請問芳名。

♪指稱、形容。例：莫名奇妙、無以名之。

♪有名的。例：名人、名馬。

駛 ㄕˇ shǐ

♪操縱車、船、飛機等交通工具的行動。例：行駛、駕駛。

♪車馬快速的跑。例：疾駛而過。

崎 ㄑㄧˊ qí

♪山路艱險峻峭，高低不平。例：山路崎嶇。

兔 ㄊㄨˋ tù

♪動物名。例：小白兔。

紹興城裡十洞橋

給與城裡十洞橋：
一有大木橋，二有鳳儀橋，
三有三腳橋，四有螺螄橋，
五有鯉魚橋，六有福祿橋，
七有戕望橋，八有八士橋，
九有酒務橋，十有日暉橋；
走過十乘橋，坐頂花花轎。

生字：紹、興、儀、祿

紹 ㄕㄠˋ shào

♪接續。例：克紹箕裘。

♪從中引薦。例：介紹。

興 ㄒㄧㄥ xīng
興 ㄒㄧㄥˋ xìng

ㄒㄧㄥ

♪創立、建造。例：興建。

♪昌盛。例：興隆、興盛。

♪事情的發生或出現。例：興起。

ㄒㄧㄥˋ

♪情致、趣味。例：助興。

♪快樂、喜悅。例：高興。

儀 ㄧˊ yí

♪禮節、程序。例：禮儀。

♪舉止容貌。例：儀容。

♪禮物。例：賀儀、奠儀。

祿 ㄌㄨˋ lù

♪福、善。例：福祿、嘉祿。

♪俸給、官俸。例：俸祿。

星

一粒星，囫圇吞；
二粒星，掛油瓶；
油瓶漏，炒黑豆；
黑豆焦，炒胡椒；
胡椒辣，炒生薑；
生薑辣，造寶塔；
寶塔尖尖刺破天。

圇 ㄌㄨㄣˊ lún

♪東西完整的。例：囫圇。

漏 ㄌㄡˋ lòu

♪古代的計時器。例：沙漏。

♪液體、氣體或光線從縫隙裡穿過。例：漏水。

♪逃避。例：漏稅。

焦 ㄐㄧㄠ jiāo

♪被火燒傷。例：焦灼。

♪心中憂煩，著急。例：心焦。

♪東西被火燒得過分而發出的臭味。例：焦味。

胡 ㄏㄨˊ hú

♪來自胡族或外國的。例：胡琴、胡椒。

♪任意、隨便。例：胡作非為、胡言亂語。

♪姓氏。

還是一個一

一二三，三二一，
還是一個一。
一二三四五六七，
七六五四三二一，
還是一個一。
一二三四五六七八九，
九八七六五四三二一，
還是一個一。

一 ㄧ yī

♪正整數的開始。例：一天。

♪全部，整個。例：一身是水。

♪短時間。例：一轉眼。

二 ㄦˋ èr

♪數名。介於一和三之間。例：二人同行。

♪次一等的。例：二手貨。

♪兩樣。例：不二價。

四 ㄙˋ sì

♪數目名。例：第四名。

五 ㄨˇ wǔ

♪數名。介於四和六之間。

七 ㄑㄧ qī

♪數目名。

第12篇

數字篇

小皮球兒

小皮球兒、
香蕉、梨，
滿地開花二十一，
二五六，二五七，
二八、二九、三十一。

兒 ㄦ ēr

兒 ㄦˊ ér

ㄦ ♪語尾詞。例：鳥兒、好好兒的。

ㄦˊ ♪小孩。例：兒童、嬰兒。

蕉 ㄐㄧㄠ jiāo

♪植物名。例：香蕉。

八 ㄅㄚ bā

♪數目名。例：第八課。

七姐妹

七姐妹七七開，
七把椅子上高臺，
七個媒人坐起來，
七個丫頭搬茶來，
七個小孩裝煙來。

椅 一ˇ yǐ

椅 椅 椅

♪有靠背的坐具。例：躺椅、搖椅。

媒 ㄇㄟˊ méi

媒 媒 媒

♪介紹婚姻的人。例：媒人。

♪傳染的物質。例：病媒。

♪在傳播中，將訊息送達受播者途中的工具或方法。例：媒體。

搬 ㄅㄢ bān

搬 搬 搬

♪使出力氣移動較笨重或較大物體的位置。例：搬動。

♪遷移。例：搬家。

♪挑撥。例：搬弄是非。

裝 ㄓㄨㄤ zhuāng

裝 裝 裝

♪配置、安放、安設。例：安裝、裝設。

♪物品包裹、盛放的方式。例：瓶裝、罐裝。

♪假作。例：裝病、裝糊塗。

十個兒

阿大阿二挑菠菜，
阿三阿四裹餛飩，
阿五阿六吃得屁騰騰，
阿七阿八舐缸盆，
阿九阿十哭仔一黃昏。

裹 ㄍㄨㄛˇ guǒ

♪纏繞、包紮。例：裹傷口。

♪包封的物品。例：包裹。

餛 ㄏㄨㄣˊ hún

♪一種用麵粉做成薄皮，內包肉餡，煮熟後可食用的食品。例：餛飩。

舐 ㄕˋ shì

♪用舌頭舔東西。例：舐犢。

缸 ㄍㄤ gāng

♪一種盛裝、儲藏東西的容器。例：水缸、魚缸。

♪像缸一樣的器物。例：茶缸、菸灰缸。

仔 ㄗˇ zǐ

♪方言中的語助詞。例：囝仔、歌仔戲。

♪小心、細心。例：仔細。

二十四顆星

天上一顆星，
地上一坦平。
哪個一口氣，
數得二十四顆星？
一顆星，兩顆星，
三顆星……
二十四顆星。

顆 ㄎㄜ kē

♪量詞。例：一顆糖果、五顆子彈。

坦 ㄊㄢˇ tǎn

♪寬平、平穩。例：坦途、平坦。

♪露出。例：坦胸露背。

♪心地寬廣，沒有私心。例：心胸坦蕩。

平 ㄆㄧㄥˊ píng

♪不高不低、不凸出的。例：平地、平房。

♪安寧的。例：心平氣和。

♪尋常的。例：平時、平常。

♪均等的。例：平均、平等。

十八顆蒲棗

張果老，李果老，
一個銅錢買十八顆蒲棗。
吃一顆，剩十七顆；
吃一顆，剩十六顆；
吃一顆，剩十五顆；
……吃一顆，吃完哪。

蒲 ㄆㄨˊ pú

蒲 蒲 蒲

♪即香蒲。多年生草本植物。可編蓆、扇子。例：蒲扇、蒲團。

♪植物名。例：蒲公英、蒲柳。

棗 ㄗㄠˇ zǎo

棗 棗 棗

♪植物名。例：蜜棗、棗子。

張果老

張果老，張果老，
張果老的門前有棵白核棗，
白的多，紅的少，
看的多，買的少，
憑你說得快，
一口氣說不完一百個棗，
一個棗，兩個棗，
三個棗……一百個棗。

核 ㄏㄜˊ hé

♪果實內保護果仁，具硬質外殼部分。例：果核、桃核。

♪對照、審查。例：核對、核算。

♪比喻事物的中心部分。例：核心。

憑 ㄆㄧㄥˊ píng

♪任、隨。例：任憑、憑什麼。

♪靠、依靠。例：憑欄。

♪依據。例：無憑無據。

阿大叮噹

阿大叮噹，
阿二換糖，
阿三吊薺菜，
阿四放餛飩，
阿五偷一個，
阿六關大門，
阿七軋一軋，
阿八攤膏藥，
阿九買豬頭，

阿十請菩薩。

叮 ㄉㄧㄥ dīng

叮 叮 叮

♪狀聲詞。形容金、石、玉器等互相碰擊的聲音。例：叮噹。

♪再三吩咐。例：叮嚀。

♪被蚊、蟻或蜜蜂等昆蟲螫咬。例：被蚊子叮了。

換 ㄏㄨㄢˋ huàn

換 換 換

♪互易、對調。例：交換。

♪更改、變易。例：變換。

吊 ㄉㄧㄠˋ diào

吊 吊 吊

♪懸掛的。例：吊燈、吊橋。

♪收回、扣留。例：吊銷。

薺 ㄐㄧˋ jì

薺 薺 薺

♪植物名。例：薺菜。

軋 ㄧㄚˋ yà

軋 軋 軋

♪擁、擠。例：軋在門口。

♪結交。例：軋朋友。

♪形容機器發動時所發出的聲音。例：車聲軋軋。

蝦蟆

一個蝦蟆一個嘴，
兩個眼睛四條腿，
撲通，下水；
兩個蝦蟆兩個嘴，
四個眼睛八條腿，
撲通，撲通，
下水，下水；
三個蝦蟆三個嘴，
六個眼睛十二條腿，

撲通、撲通、撲通，
下水、下水、下水……
哪個能說到十個蝦蟆十個嘴，
二十個眼睛四十條腿，
撲通、撲通、撲通、撲通、
撲通、撲通、撲通、撲通、
撲通、撲通；
下水、下水、下水、下水、
下水、下水、下水、下水、
下水、下水。

腿 ㄊㄨㄟˇ tŭi

♪人或動物用來行走或支持軀體的部位。例：拔腿就跑、盤腿而坐。

♪器物底部如腿一般，用來支撐物體的部分。例：桌腿、椅腿。

撲 ㄆㄨ pū

♪向前猛衝。例：飛蛾撲火。

♪塗敷、附著。例：撲粉。

♪拍打。例：撲打。

數星

天上一顆星，
地上一個人，
地上好跑馬，
馬上好彈琴，
哪個一口氣數得
二十四顆星，
算他就是八仙洞神
呂洞賓。

彈 ㄊㄢˊ tán

彈 ㄉㄢˋ dàn

彈 彈

ㄊㄢˊ

♪物體的伸縮性。例：彈性。

♪用手指撥弄。例：彈琴。

ㄉㄢˋ

♪槍砲發射用的東西。例：子彈。

琴 ㄑㄧㄣˊ qín

琴 琴 琴

♪樂器名。中國有五弦琴、胡琴等；西洋的有鋼琴、小提琴等。

呂 ㄌㄩˇ lyǔ

呂 呂 呂

♪姓氏。

賓 ㄅㄧㄣ bīn

賓 賓 賓

♪客人。例：來賓、貴賓、賓至如歸。

♪服從。例：賓從。

第13篇

好眠篇

催眠歌

呼ㄏㄨ呼ㄏㄨ呼ㄏㄨ，
搖ㄧㄠˊ我ㄨㄛˇ寶ㄅㄠˇ貝ㄅㄟˋ要ㄧㄠˋ睡ㄕㄨㄟˋ了ㄌㄜ，
哼ㄏㄥ哼ㄏㄥ哼ㄏㄥ。
呼ㄏㄨ呼ㄏㄨ呼ㄏㄨ，
我ㄨㄛˇ家ㄐㄧㄚ寶ㄅㄠˇ貝ㄅㄟˋ要ㄧㄠˋ睡ㄕㄨㄟˋ了ㄌㄜ，
呼ㄏㄨ呼ㄏㄨ呼ㄏㄨ。

● 呼：打鼾聲。

催 ㄘㄨㄟ cūi

♪促使行動開始，或加速進行。例：催生、催促。

眠 ㄇㄧㄢˊ mián

♪睡。例：安眠。

♪昆蟲因蛻皮或入冬後藏伏不動不食。例：蠶眠、冬眠。

呼 ㄏㄨ hū

♪吐氣。例：呼氣。

♪招、喚。例：呼朋引伴。

貝 ㄅㄟˋ bèi

♪有甲殼的軟體動物。如蛤類、螺類等。例：貝殼。

♪古代用貝殼做貨幣。例：貝貨。

哼 ㄏㄥ hēng

♪低聲吟詠、歌唱。例：哼哼唱唱、哼著一首歌。

♪表示不滿、輕視或憤怒的語氣。例：哼！有什麼了不起？

天皇皇

天（ㄊㄧㄢ）皇（ㄏㄨㄤˊ）皇（ㄏㄨㄤˊ），地（ㄉㄧˋ）皇（ㄏㄨㄤˊ）皇（ㄏㄨㄤˊ），

我（ㄨㄛˇ）家（ㄐㄧㄚ）有（ㄧㄡˇ）個（ㄍㄜˋ）夜（ㄧㄝˋ）哭（ㄎㄨ）郎（ㄌㄤˊ）。

過（ㄍㄨㄛˋ）往（ㄨㄤˇ）君（ㄐㄩㄣ）子（ㄗˇ）念（ㄋㄧㄢˋ）三（ㄙㄢ）遍（ㄅㄧㄢˋ），

一（ㄧ）家（ㄐㄧㄚ）睡（ㄕㄨㄟˋ）到（ㄉㄠˋ）大（ㄉㄚˋ）天（ㄊㄧㄢ）光（ㄍㄨㄤ）。

皇 ㄏㄨㄤˊ huáng

♪大、偉大。例：冠冕堂皇。

♪有關君主的。例：皇宮、皇恩。

♪君主。例：三皇五帝、女皇。

君 ㄐㄩㄣ jūn

♪稱謂：(1)妻妾稱自己的丈夫。例：夫君、郎君。(2)對人的尊稱。例：諸君。

♪封建時代一國之主。例：君王、國君。

念 ㄋㄧㄢˋ niàn

♪反反覆覆述說著。例：念念有詞。

♪念頭、想法。例：雜念。

♪惦記、想念。例：思念。

遍 ㄅㄧㄢˋ biàn

♪量詞。例：仔細讀一遍。

♪全部、整個。形容到處都是。例：滿山遍野。

♪沒有一處遺漏的。例：遍布。

楊樹

楊樹葉兒嘩啦啦，
小孩睡覺找他媽；
乖乖寶寶你快睡，
老虎來了我打牠。

楊 ㄧㄤˊ yáng

♪楊柳科楊屬喬木的統稱。例：楊樹。

♪姓氏。

嘩 ㄏㄨㄚ huā

♪狀聲詞。(1)形容東西流下的聲音。(2)形容倒塌的聲音。例：嘩啦啦、嘩啦。

他 ㄊㄚ tā

♪指你我以外的第三人，多專指男性。例：他家。

♪另外的、別的。例：他人、他日。

媽 ㄇㄚ mā

♪子女對母親的稱呼，常疊用。例：媽媽、爸媽。

♪對與母親同輩的女性的尊稱。例：舅媽、姑媽。

拍拍心

拍拍心，囡囡勿出驚；
拍拍胸，囡囡勿傷風；
拍拍背，囡囡脫脫晦。

囡 ㄋㄢˊ
nán

♪指小女孩，或泛指小孩子。

例：小囡囡。

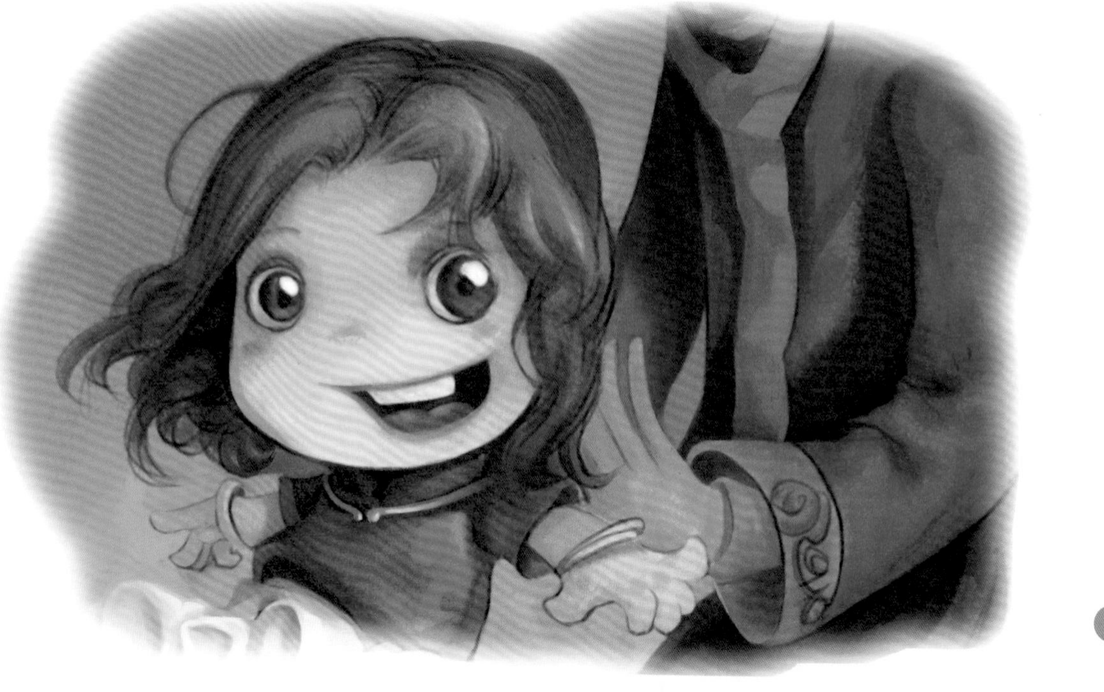

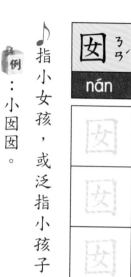

驚 ㄐㄧㄥ jīng

♪害怕、恐懼。例：驚慌。

♪震動、震撼。例：驚天動地、打草驚蛇。

♪被觸動、擾亂。例：驚擾。

傷 ㄕㄤ shāng

♪耗損、毀壞。例：傷腦筋。

♪皮肉破損的地方。例：傷痕。

♪毀謗。例：出口傷人。

脫 ㄊㄨㄛ tuō

♪取下、解下、除去。例：脫鞋。

♪掉落。例：脫皮。

♪離開、避開。例：擺脫。

晦 ㄏㄨㄟˋ hùi

♪昏暗。例：幽晦、昏晦。

♪不顯明。例：隱晦、晦澀。

♪夜晚。例：風雨如晦。

拍胸

拍拍胸，
三年勿傷風。
拍拍背，
三年勿生痱。

拍 ㄆㄞ pāi

♪用手掌輕打。例：拍手。

♪巴結、奉承。例：拍馬屁。

♪擊打東西的器具。例：球拍、蒼蠅拍。

胸 ㄒㄩㄥ xiōng

♪身體前面頸下腹上的部分。例：挺胸。

♪心中、內心。例：胸有大志。

♪人的氣量、懷抱。例：心胸狹窄。

痱 ㄈㄟˋ fèi

♪「疿」的異體字。夏季皮膚上因熱而生令人發癢的小疹子。例：痱子。

小葫蘆

小葫蘆，
窪窪腰，
我是媽媽小嬌嬌，
我是爹爹小寶寶，
我是哥哥小妹妹。

葫 ㄏㄨˊ hú

葫 葫 葫

♪植物名。例：葫蘆。

窪 ㄨㄚ wā

窪 窪 窪

♪低下、凹陷的。例：低窪。

嬌 ㄐㄧㄠ jiāo

嬌 嬌 嬌

♪柔美可愛的姿態。例：撒嬌。

♪過分寵愛。例：嬌生慣養。

♪柔弱、柔美。例：嬌小。

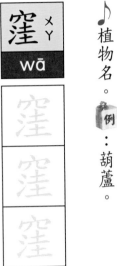

一二三四

一二三四，
囝仔人，脫衫無代誌，
土地公伯呀，會保庇。

衫 ㄕㄢ
shān

衫
衫
衫

♪衣服的通稱。例：衣衫、棉衫。

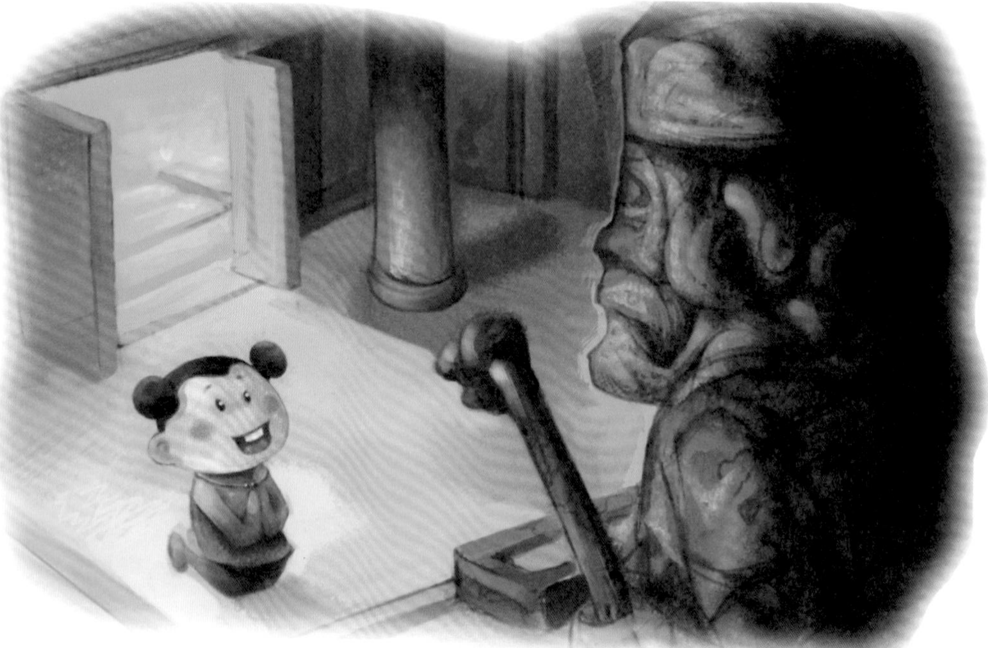

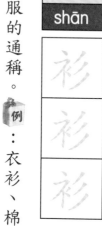

代 ㄉㄞˋ dài

♪替代、替換。例：代課、代班。

♪輪流更換。例：新陳代謝。

♪歷史的階段、分期。例：古代、現代。

誌 ㄓˋ zhì

♪標識、記號。例：號誌。

♪表示。例：誌慶。

♪記住、記憶。例：永誌不忘。

呀 ˙ㄧㄚ ya

♪表示感嘆的語氣。例：哎呀！完蛋了。

♪表示驚訝的語氣。例：呀！下大雨了。

♪表示肯定。例：對呀！

庇 ㄅㄧˋ bì

♪遮蔽、掩蓋。例：庇蔭、包庇。

♪保護。例：庇護、庇佑。

吃朳子

吃朳子，放槍子；
吃柚仔，放蝦米；
吃龍眼，放木耳。

槍 ㄑㄧㄤ qiāng

♪武器名。可發射子彈以射擊目標的武器。例：手槍、槍炮彈藥。

♪形狀像槍的器物。例：水槍、電子槍。

♪量詞。計算槍枝發射的單位。例：連開三槍。

柚 ㄧㄡˋ yòu

♪植物名。例：柚子。

龍 ㄌㄨㄥˊ lóng

♪傳說中一種極具靈性的動物。

♪古生物學上指有腳、尾的巨大爬蟲類。例：恐龍、暴龍。

♪皇帝的。例：龍袍、龍心大悅。

♪像龍形的長條物。例：水龍、車水馬龍。

小孩小孩你別哭

小孩小孩你別哭，
過了臘八就殺豬；
小孩小孩你別饞，
過了臘八就是年。

臘 ㄌㄚˋ là

♪陰曆十二月稱為「臘月」。

♪醃製的肉類。例：燒臘。

殺 ㄕㄚ shā

♪以刀或武器使人或禽獸等失去生命。例：殺人放火、殺豬宰羊。

♪敗壞。例：殺風景。

♪減省。例：殺價。

饞 ㄔㄢˊ chán

♪貪吃。例：嘴饞。

搖子歌 1

搖金子，搖銀子，
搖豬腳，搖大餅，
搖檳榔，來相請。

檳 ㄅㄧㄣ bīn

檳 檳 檳

♪產在熱帶的植物，果實堅硬，味澀，供食用及藥用。

榔 ㄌㄤˊ láng

榔 榔 榔

♪例：檳榔。

搖子歌 2

嬰仔睏，
一冥大一寸；
嬰仔惜，
一冥大一尺。

嬰 ㄧㄥ
yīng

嬰
嬰
嬰

♪初生的幼兒。例：男嬰、女嬰。

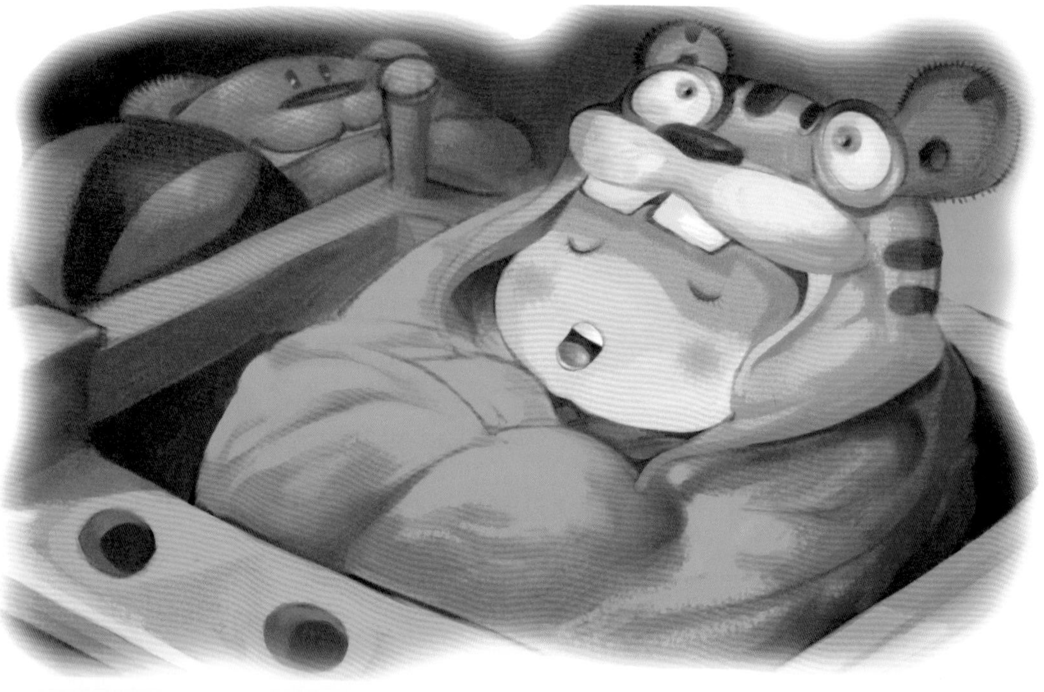

睏 ㄎㄨㄣˋ kùn

睏 睏 睏

♪睡。例：睏一會兒。

♪累了想要睡。例：睏得睜不開眼來。

冥 ㄇㄧㄥˊ míng

冥 冥 冥

♪閩南話「晚上」的意思。

♪愚昧、不明事理。例：冥頑不靈。

♪與人死後有關的。例：冥婚、冥紙。

寸 ㄘㄨㄣˋ cùn

寸 寸 寸

♪量詞。例：公寸。

♪形容極小、極短、極少。例：寸步不離、寸金難買寸光陰。

惜 ㄒㄧˊ xí

惜 惜 惜

♪愛憐、珍視、捨不得。例：愛惜、死不足惜。

♪悲痛、哀傷。例：痛惜。

搖籃歌 1

小貓貓，快快來，
來了快洗臉。
小娃娃，不要哭，
不哭給你包子吃。
小家雀，不要叫，
我家的小寶睡覺了。

臉 ㄌㄧㄢˇ liǎn

♪面部。例：臉頰、洗臉。

♪情面、面子。例：丟臉。

♪面部的表情、態度。例：變臉、翻臉。

包 ㄅㄠ bāo

♪一種麵粉做成的食物。例：麵包、包子。

♪裹紮、容納其中。例：包裝、包容。

♪裝東西的袋子。例：皮包。

♪負責。例：包打聽。

搖籃歌 2

小寶寶呀，乖乖睡覺；
烏鴉喜鵲，樹上睡了；
小狗小貓，窩裡睡了；
月亮星星，雲裡睡了；
小寶寶，乖乖睡覺。

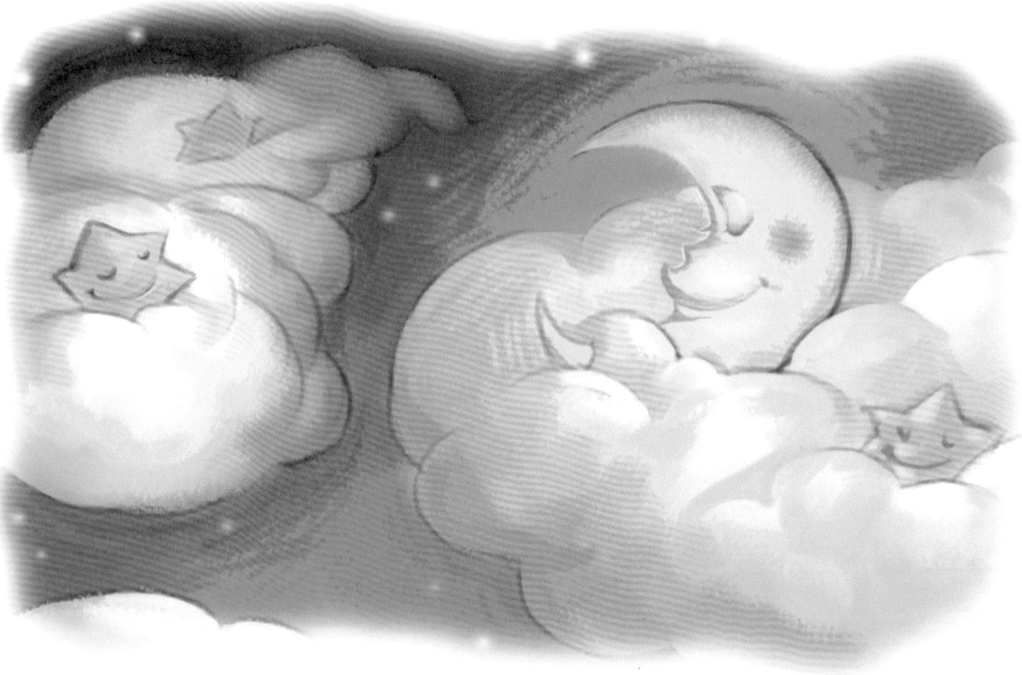

鴉 ㄧㄚ yā

鴉 鴉 鴉

♪鳥名。嘴大，翼長，腳有力，純黑者稱為「烏」，背灰者稱為「鴉」。通稱「烏鴉」。

窩 ㄨㄛ wō

窩 窩 窩

♪動物或人居住的地方。例：鳥窩、賊窩。

♪藏匿。例：窩藏罪犯。

♪量詞。計算窩巢的單位。例：一窩螞蟻、一窩小狗。

諾諾睡

阿妹諾諾睡，
阿爹，阿媽，去春碓。
春得三斗三升糠，
縫給阿妹一件花衣裳。
阿妹肚肚疼，
請個師娘來跳神。
師娘吃酒醉，
跌到雞窩睡；
雞蛋做枕頭，
雞毛做棉被，
雞骨頭搭床睡。

諾 ㄋㄨㄛˋ nuò

♪答應、允許。例：一呼百諾。

♪允諾的話。例：一諾千金、輕諾寡信。

♪表示同意的應答聲。例：連連稱諾。

舂 ㄔㄨㄥ chōng

♪把穀物以杵臼搗去皮殼。例：舂藥。

碓 ㄉㄨㄟˋ dùi

♪舂米的用具。例：舂碓。

升 ㄕㄥ shēng

♪量詞。公制一升等於十合。例：公升。

♪由下而上。例：升旗。

♪登。例：升堂。

糠 ㄎㄤ kāng

♪穀粒上剝落下的外皮。例：米糠、麥糠。

第14篇

遊戲篇

東家孩

東家孩，西家孩，
喝罷湯，都來玩。

孩 ㄏㄞˊ hái

孩 孩 孩

♪小兒、幼童。例：小孩、孩童。

罷 ㄅㄚˋ bà

罷 罷 罷

♪完畢。例：吃罷、做罷。

♪停止。例：罷工、欲罷不能。

♪免除、廢止。例：罷免、罷課。

丫頭丫

丫頭丫，打蟆抓，
蟆抓跳，丫頭笑；
蟆抓飛，
丫頭哭做一堆堆。

抓 ㄓㄨㄚ zhuā

♪搔。例：抓癢、抓頭。

♪用手或爪取物。例：抓一把花生米。

♪把握、掌握。例：抓住機會、抓住要點。

♪捕捉、捉拿。例：抓賊、抓小偷。

斑斑點點

斑斑點點，梅花繡臉。
君子過街，小人蒙臉。
指指奪奪，開門取藥。
藥不在家，
一把拉倒主人家。

斑 ㄅㄢ bān

斑斑斑

♪雜色的點或紋。例：斑點。
♪一小部分。例：可見一斑。
♪顏色雜而不純。例：斑白。

梅 ㄇㄟˊ méi

梅梅梅

♪植物名。例：踏雪尋梅。

奪 ㄉㄨㄛˊ duó

奪奪奪

♪爭取。例：爭奪。
♪衝過。例：奪門而出。
♪耀眼。例：光彩奪目。

取 ㄑㄩˇ qǔ

取取取

♪拿。例：各取所需。
♪得到。例：取信於人。
♪接受、收受。例：分文不取。

藥 ㄧㄠˋ yào

藥藥藥

♪用來治病的物質。例：中藥、草藥。
♪治療。例：無可救藥。
♪某些能發生特定效用的化學物質。例：火藥、炸藥。

點啊點

點啊點水缸，
啥人放屁爛腳瘡。
點啊點茶甌，
啥人今冥來阮家。
點啊點茶古，
啥人今冥要娶某。
點啊點叮噹，
啥人今冥要嫁尪。

- 阮家：即我家，家發音ㄉㄠ。
- 茶甌：茶杯。
- 茶古：茶壺。

啥 ㄕㄚˊ shá

♪什麼。例：你說啥？

爛 ㄌㄢˋ làn

♪腐敗的、破舊的。例：破銅爛鐵。

♪光明、顯著。例：燦爛、絢爛。

♪形容人不好、差勁。例：這個人太爛了！

瘡 ㄔㄨㄤ chuāng

♪皮膚或黏膜上的潰瘍。例：頭瘡、膿瘡。

♪創傷、外傷。例：刀瘡。

甌 ㄡ ōu

♪盆、盂等瓦器。例：瓷甌。

♪喝酒、飲酒的碗杯。例：茶甌。

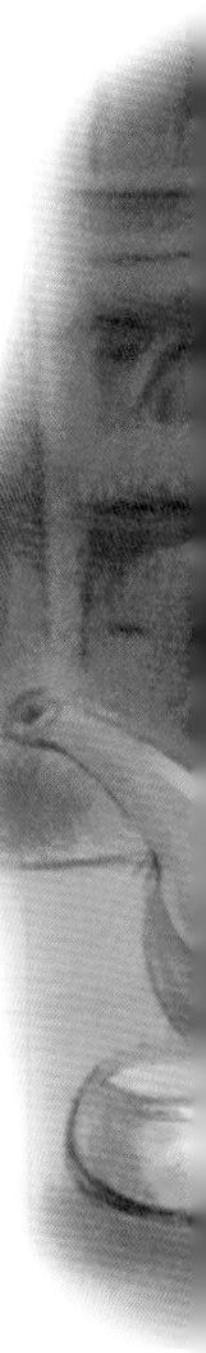

點軍點紛紛

點軍點紛紛，
誰人食飽去做軍。
點賊點乏乏，
誰人吃飯去做賊。

軍 ㄐㄩㄣ jūn

♪武裝部隊、兵種。例：陸軍、海軍、空軍。

♪古時將犯人送至邊疆勞役的刑罰。例：發配充軍。

紛 ㄈㄣ fēn

♪接連不斷的樣子。例：紛紛。

♪多而雜亂。例：紛亂、大雪紛飛。

♪爭執。例：糾紛。

賊 ㄗㄟˊ zéi

♪竊盜財物的人。例：竊賊。

♪指使壞作亂的人。例：亂臣賊子。

♪奸詐、狡猾、不正派的。例：賊頭賊腦。

乏 ㄈㄚˊ fá

♪缺少、沒有。例：乏味、乏善可陳。

♪疲勞。例：疲乏、困乏。

掩咯雞

掩咯雞，走白卵，
隨你食，隨你狀，
放咯雞仔去找卵。
找會著，放你去，
找未著，捽竹刺。

狀：字音，即嘗的意思。

掩 ㄧㄢˇ yǎn

♪遮蓋、遮蔽。例：遮掩。

♪關閉。例：掩門。

卵 ㄌㄨㄢˇ luǎn

♪蟲、魚、鳥等非胎生動物的蛋。例：殺雞取卵。

♪雌性生殖細胞。例：卵子。

隨 ㄙㄨㄟˊ súi

♪跟從、順從。例：跟隨。

♪立即、接著。例：隨時。

狀 ㄓㄨㄤˋ zhuàng

♪形態、容貌、樣子。例：形狀、奇形怪狀。

♪情況。例：現狀。

♪獎勵或證明用的文書。例：獎狀。

未 ㄨㄟˋ wèi

♪不。表示否定的意思。例：未敢苟同。

♪沒有。例：尚未。

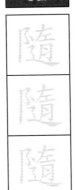

羞羞羞

羞羞羞，
提籃仔撿泥鰍，
撿幾尾？
撿二尾；
一尾掠來煮，
一尾糊目睭。

泥鰍：閩南語音ㄏㄡˊ ㄌㄧㄡ。
目睭：閩南語「眼睛」之意。

提 ㄊㄧˊ tí

♪由下往上移。例：提高。

♪由後往前移。例：提前、提早。

♪振作。例：提振精神、提神醒腦。

撿 ㄐㄧㄢˇ jiǎn

♪拾取。例：撿拾、撿垃圾。

♪挑選。同「揀」。例：挑三撿四。

泥 ㄋㄧˊ ní

♪水和土的混合物。例：泥巴。

♪搗碎、壓碎調勻後，像泥狀的東西。例：棗泥、蒜泥。

鰍 ㄑㄧㄡ qiū

♪動物名。例：捉泥鰍。

搶龍

搶上龍頭，龍頭有角；
搶上龍腰，龍腰有刺；
搶上龍尾，烏龍絞水。

搶 ㄑㄧㄤˇ qiǎng

搶 ㄑㄧㄤ qiāng

ㄑㄧㄤˇ

♪ 爭先、趕緊。例：搶購。

♪ 奪取。例：搶劫、搶錢。

ㄑㄧㄤ

♪ 碰撞。例：呼天搶地。

刺 ㄘˋ cì

♪ 尖細如針的。例：魚刺。

♪ 以尖酸刻薄的言語指出或嘲笑別人的過失。例：諷刺。

♪ 因外物刺激使產生不好的感覺。例：刺眼、刺鼻。

絞 ㄐㄧㄠˇ jiǎo

♪ 握住長形物的兩端，成反方向扭轉。例：絞毛巾。

♪ 用機器將東西扭壓切削。例：絞爛。

♪ 用繩索將人犯吊死或勒死的刑罰。例：絞刑。

賣什細

玲瓏（カ|ㄥˊ カメㄥˊ），玲瓏，
賣（ㄇㄞˋ）什細（ㄕˊ ㄒ|ˋ），
賣（ㄇㄞˋ）搖鼓（|ㄠˊ ㄍㄨˇ）對（ㄉㄨㄟˋ）這（ㄓㄜˋ）過（ㄍㄨㄛˋ），
看（ㄎㄢˋ）你（ㄋ|ˇ）要（|ㄠˋ）買（ㄇㄞˇ）啥（ㄕㄚˊ）麼（ㄇㄜ）貨（ㄏㄨㄛˋ）。

玲瓏：搖鼓聲。
什細：雜貨賣。
搖鼓：賣的人搖著鼓。
對：從。

玲 ㄌㄧㄥˊ líng

♪形容器物細緻精巧。例：小巧玲瓏、玲瓏剔透。

♪比喻人聰明、靈活。例：八面玲瓏、玲瓏活潑。

瓏 ㄌㄨㄥˊ lóng

♪乾燥的樣子。例：瓏瓏晚花乾。

♪狀聲詞。形容車聲。例：車響絕瓏瓏。

貨 ㄏㄨㄛˋ huò

♪商品。例：百貨。

♪錢幣。例：貨幣。

♪罵人的話。相當於「東西」。例：蠢貨。

爬樹

爬樹爬得高，
跌下像年糕。
爬樹爬得低，
跌下像田雞。

「下」原字為「煞」。

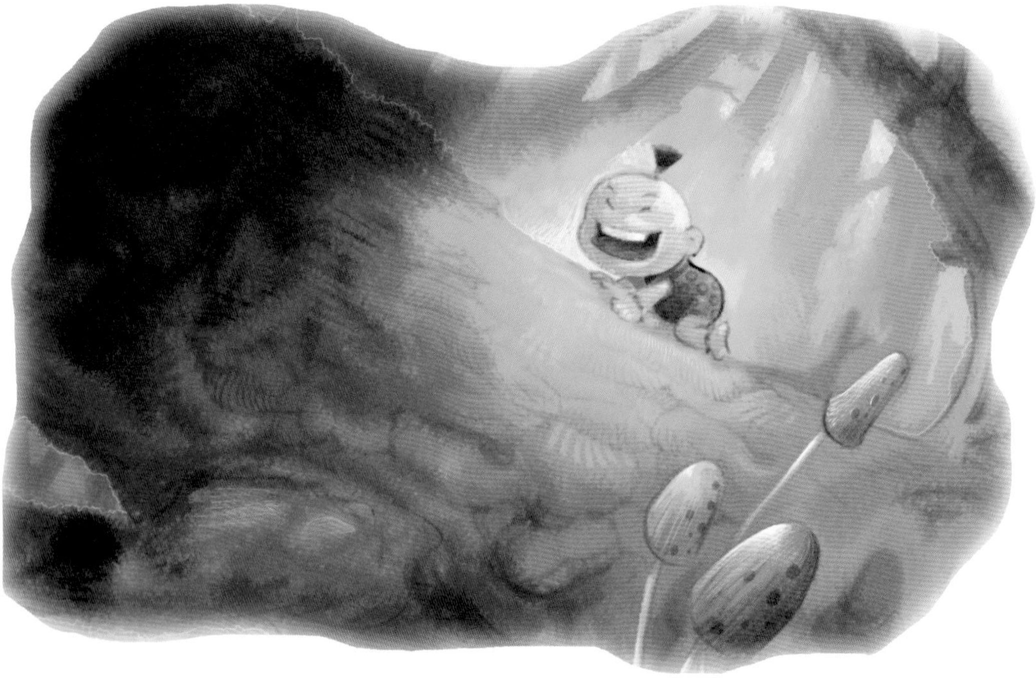

跌 ㄉㄧㄝˊ dié

跌 跌 跌

♪失足摔倒。例：跌倒、跌了一跤。

♪數目、價錢等的下降、低落。例：跌價、股價下跌。

糕 ㄍㄠ gāo

糕 糕 糕

♪將米、麥或豆類磨成的粉調為糊狀物，蒸烤而成的塊狀食品。例：蛋糕、綠豆糕。

吃瓜

高高山上一棵瓜，
蔓延蔓到西太湖，
開花開到常熟縣，
到洞庭山上去吃甜瓜。

蔓 ㄇㄢˋ màn

蔓 蔓 蔓

♪植物細長而能攀繞他物的莖。例：藤蔓。

♪延伸、滋長。例：蔓延。

延 ㄧㄢˊ yán

延 延 延

♪拉長、伸長。例：延年益壽。

♪將時間向後推遲。例：延期。

♪招致、引進。例：延聘。

縣 ㄒㄧㄢˋ xiàn

縣 縣 縣

♪地方政府的行政區域名稱。例：臺北縣、高雄縣。

庭 ㄊㄧㄥˊ tíng

庭 庭 庭

♪院子、大廳臺階前的空地。例：庭院、庭園。

♪本指廳堂、正房。也稱寬闊的地方。例：大庭廣眾。

♪額頭。例：天庭飽滿。

一鍋飯

一鍋飯，滿屋香，
哥哥弟弟都來嚐，
哥吃飽，弟吃飽，
一塊兒要，一塊兒跑，
爹娘說娃真個好。

嚐 ㄔㄤˊ cháng

♪以口辨別滋味。例：品嚐、嚐一嚐。

塊 ㄎㄨㄞˋ kuài

♪一起、一同。例：一塊兒。

♪結聚成團或固體狀的東西。例：冰塊。

♪量詞：計算塊狀或片狀東西的單位。例：三塊糖。

♪計算錢幣的單位。相當於「元」。例：十塊錢。

一個大饅頭

一個饅頭真真大，
又像山頭又像城，
姐姐吃了妹妹吃，
吃罷還有半個大，
切切碎，送人家，
張家伯，李家媽，
前鄰後鄰送了好多家。

切 ㄑㄧㄝ qiē

切 ㄑㄧㄝˋ qiè

切 切

ㄑㄧㄝ

♪用刀把東西割斷、分開成幾部分。例：切菜、切斷。

ㄑㄧㄝˋ

♪貼近。例：切身之痛、不切實際。

碎 ㄙㄨㄟˋ suì

碎 碎 碎

♪破裂。例：破碎、粉碎。

♪零星、不完整的。例：碎布、碎花。

♪瑣細、煩雜。例：瑣碎。

伯 ㄅㄛˊ bó

伯 伯 伯

♪尊稱父親的哥哥。例：大伯。

♪尊稱年齡或輩分較高的人。例：老伯。

第15篇

唱跳篇

搖呀搖

搖呀搖，
搖著大了砍柴燒，
又有吃，又有燒，
又有銀子壓荷包。

砍 ㄎㄢˇ kǎn

♪用刀斧劈。例：砍柴。

壓 ㄧㄚ yā

♪由上往下施加力量。例：壓垮。

♪用武力或威勢制止、驅策他人。例：欺壓。

♪壓力的簡稱。例：氣壓、血壓。

荷 ㄏㄜˊ hé **荷** ㄏㄜˋ hè

ㄏㄜˊ

♪植物名。例：荷花。

ㄏㄜˋ

♪用肩膀扛著。例：荷槍。

♪承當、擔負。例：負荷。

踏花

惠山街，五里長。
踏花歸，鞋底香。

惠 ㄏㄨㄟˋ hùi

♪恩情、好處。例：恩惠。

♪賜贈、贈送。例：互惠。

♪請求人時的敬辭。例：惠顧。

踏 ㄊㄚˋ tà

♪用腳踩著地面或東西。例：踏步。

歸 ㄍㄨㄟ gūi

♪返回。例：歸國。

♪還給。例：物歸原主。

♪趨向或集中於一處。例：眾望所歸。

搖櫓

搖櫓搖櫓，
搖到河裡洗手，
撿隻蝦公，
送把公公嚥酒。

櫓 ㄌㄨˇ lǔ

♪划水使船前進的器具。例：櫓槳、船櫓。

嚥 ㄧㄢˋ yàn

♪吞食。例：狼吞虎嚥、細嚼慢嚥。

扇

扇子扇涼風，
騎馬過廣東，
有人來問我，
我是大相公。

扇 ㄕㄢˋ shàn

♪門扉。例：門扇。
♪搖動生風的用具。例：電風扇。
♪量詞。例：兩扇窗子。

廣 ㄍㄨㄤˇ guǎng

♪寬大、寬闊。例：地廣人稀。
♪擴大、增加。例：增廣見聞。
♪眾多。例：大庭廣眾。

問 ㄨㄣˋ wèn

♪向人請教疑難。例：詢問。
♪審訊、追究。例：問罪。
♪打聽、干預。例：不聞不問。

山歌 1

山歌好唱口難開，
林檎好吃樹難栽，
白米好吃田難作，
鮮魚好吃網難開。

難 ㄋㄢˊ

nán

難
難
難

♪不容易、艱困。例：難關。

♪不可、不能。例：難言之隱。

♪不好。例：難看、難吃。

檎 ㄑㄧㄣˊ qín

♪植物名。例：林檎。

鮮 ㄒㄧㄢ xiān 鮮 ㄒㄧㄢˇ xiǎn

ㄒㄧㄢ

♪活的或剛捕獲的魚蝦等。例：海鮮。

♪清新、具有活力的。例：鮮果、鮮花。

♪色彩亮麗。例：鮮明、鮮豔。

ㄒㄧㄢˇ

♪少。例：鮮見。

網 ㄨㄤˇ wǎng

♪用繩線編成以捕捉動物的器具。例：魚網。

♪像網狀的東西。例：蜘蛛網。

♪比喻能約束人的事物、理法。例：天羅地網。

山歌 2

一把芝麻塞上天，
肚裡山歌萬萬千。
南京唱到北京去，
轉來再唱二三年。

塞 ㄙㄞ sāi　塞 ㄙㄞˋ sài　塞 ㄙㄜˋ sè

ㄙㄞ

♪封口或填堵的東西。例：瓶塞。

♪受阻不暢。例：塞車。

♪填滿空隙。例：塞住洞口。

ㄙㄞˋ

♪險要的地方。例：要塞。

♪邊境。例：塞外。

ㄙㄜˋ

♪阻隔不通。例：阻塞。

♪推託、應付。例：搪塞。

萬 ㄨㄢˋ wàn

♪數目字。千的十倍。例：千萬。

♪眾多。例：包羅萬象。

♪非常、絕對。例：萬不得已。

京 ㄐㄧㄥ jīng

♪國都、首都。例：京城。

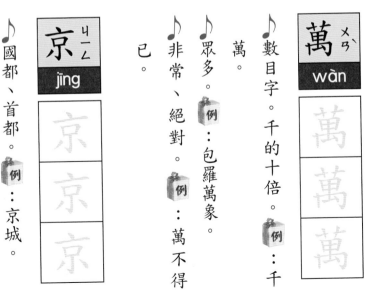

拉大裾

拉大裾，扯大裾，
舅父門前唱大戲。
請閨女，喚女婿，
小外甥兒亦要去。

裾 ㄐㄩ jū

♪衣服的前襟或後襟。例：長裾。

戲 ㄒㄧˋ xì

♪玩耍、嬉遊。例：遊戲。

♪開玩笑、嘲弄。例：戲弄。

♪一種利用言語、表情、歌舞等方式以傳達情意的表演。例：演戲。

喚 ㄏㄨㄢˋ huàn

♪呼喊、呼叫。例：呼喚。

亦 ㄧˋ yì

♪也、也是、又。例：亦師亦友。

趕集

人家趕集，
我也趕集，
人家騎馬我騎驢，
回頭看見推車漢，
比上不足，
比下有餘。

漢 ㄏㄢˋ hàn

漢 漢 漢

♪子的通稱。例：流浪漢。

♪漢語的簡稱。例：英漢辭典。

足 ㄗㄨˊ zú

足 足 足

♪人體下肢的總稱。也專指踝骨以下的部分，今稱為「腳」。例：手足。

♪動物的下肢，用來奔走或爬行。例：畫蛇添足。

♪夠量的、不缺乏的。例：心滿意足。

餘 ㄩˊ yú

餘 餘 餘

♪多出的、剩下的。例：不遺餘力。

♪某一事情、情況以外或以後的時間。例：課餘。

♪不盡的、未完的。例：心有餘悸。

琅琅琅

琅(ㄌㄤˊ)琅(ㄌㄤˊ)琅(ㄌㄤˊ)，馬(ㄇㄚˇ)來(ㄌㄞˊ)哉(ㄗㄞ)，
轎(ㄐㄧㄠˋ)來(ㄌㄞˊ)哉(ㄗㄞ)，
轎(ㄐㄧㄠˋ)馬(ㄇㄚˇ)一(ㄧˋ)齊(ㄑㄧˊ)來(ㄌㄞˊ)，
大(ㄉㄚˋ)人(ㄖㄣˊ)小(ㄒㄧㄠˇ)人(ㄖㄣˊ)走(ㄗㄡˇ)些(ㄒㄧㄝ)開(ㄎㄞ)，
點(ㄉㄧㄢˇ)心(ㄒㄧㄣ)搬(ㄅㄢ)出(ㄔㄨ)來(ㄌㄞˊ)。

琅 ㄌㄤˊ láng

♪狀聲詞。例：琅琅上口。

齊 ㄑㄧˊ qí

♪平整、劃一。例：參差不齊。

♪完備。例：齊全。

♪共同、同時。例：百花齊放。

♪達到同樣高度或長度。例：齊腰、草與人齊。

騎馬上街

馬馬嘟嘟騎，
上街買竹紙。
買幾張？買三張，
買得哥哥做文章，
買得姐姐前花樣。

嘟 ㄉㄨ dū

♪狀聲詞。例：火車嘟嘟響。

♪嘴向前突出。例：嘟著嘴巴。

紙 ㄓˇ zhǐ

♪主要以植物纖維為原料製成，可供於書畫、印刷、包裝等用途的片狀物。例：報紙、色紙。

♪量詞。例：一紙公文。

搖搖搖 1

搖搖搖，
搖到成功橋；
遇見張木匠，
一鋸兩個瓢；
大瓢盛炒米，
小瓢盛核桃。

成 ㄔㄥˊ chéng

♪事情達到預定目標。例：功成名就。

♪變為。例：弄假成真。

♪促成。例：成全。

遇 ㄩˋ yù

♪相逢。例：奇遇。

♪機會。例：際遇。

♪對待。例：待遇。

瓢 ㄆㄧㄠˊ piáo

♪用來舀取液體的勺子。例：水瓢、湯瓢。

♪量詞。例：一瓢水。

盛 ㄔㄥˊ chéng　盛 ㄕㄥˋ shèng

ㄔㄥˊ

♪用容器裝東西。例：盛飯。

ㄕㄥˋ

♪強壯、興旺。例：強盛。

♪隆重的、壯觀的。例：盛大。

♪深濃。例：盛情。

小皮球

小皮球，的的圓！
受屈自還原，
一生碰硬不碰軟，
氣力強時跳上天！

的的：形容圓的樣子。

受 ㄕㄡˋ shòu

♪收得、接納。例：接受。
♪遭、被。例：遭受。

屈 ㄑㄩ qū

♪彎曲、曲折。例：屈折。

♪順服。例：寧死不屈。

♪冤枉。例：叫屈。

原 ㄩㄢˊ yuán

♪最初、初始的。例：物歸原主。

♪廣大而平坦的地方。例：平原。

♪寬恕、諒解。例：原諒。

硬 ㄧㄥˋ yìng

♪物體的組織緊密、堅固，不易受外力而改變形狀的。例：堅硬。

♪態度剛強、不易屈服。例：強硬。

軟 ㄖㄨㄢˇ ruǎn

♪物體質地柔，容易受外力而改變形狀的。例：柔軟。

♪不堅定、容易受感動的。例：心軟。

搖搖船

搖搖船，
搖到外婆家，
外婆娘娘嘸啥燒，
買個鯉魚來燒燒，
燒得頭弗熟來尾巴焦，
放勒碗裡跳三跳，
阿官吃是咪咪笑！

嘸 ㄈㄨˇ fǔ

嘸 嘸 嘸

♪驚訝的樣子。例：嘸然。

弗 ㄈㄨˊ fú

弗 弗 弗

♪不。用於文言文。例：自嘆弗如。

勒 ㄌㄜˋ lè

勒 勒 勒

♪使停止。例：懸崖勒馬。

♪以兩手或繩子握纏物體用力拉扯。例：勒緊。

♪強制、強迫。例：勒索。

拉大鋸

拉（ㄌㄚ）大（ㄉㄚˋ）鋸（ㄐㄩˋ），扯（ㄔㄜˇ）大（ㄉㄚˋ）鋸（ㄐㄩˋ），

鋸（ㄐㄩˋ）木（ㄇㄨˋ）頭（ㄊㄡˊ），蓋（ㄍㄞˋ）房（ㄈㄤˊ）子（ㄗ˙）。

姥（ㄌㄠˇ）姥（ㄌㄠˇ）家（ㄐㄚ），娶（ㄑㄩˇ）娘（ㄋㄧㄤˊ）子（ㄗ˙）。

搭（ㄉㄚ）大（ㄉㄚˋ）棚（ㄆㄥˊ），唱（ㄔㄤˋ）大（ㄉㄚˋ）戲（ㄒㄧˋ）。

接（ㄐㄧㄝ）姑（ㄍㄨ）娘（ㄋㄧㄤˊ），請（ㄑㄧㄥˇ）女（ㄋㄩˇ）婿（ㄒㄩˋ）。

小（ㄒㄧㄠˇ）外（ㄨㄞˋ）甥（ㄕㄥ），你（ㄋㄧˇ）也（ㄧㄝˇ）去（ㄑㄩˋ）。

蓋 ㄍㄞˋ gài

♪覆蓋、遮蔽。例：蓋被子。

♪有覆蓋功能的東西。例：瓶蓋。

♪搭建、建築。例：蓋房子。

姥 ㄌㄠˇ lǎo

♪對年老婦人的尊稱。例：劉姥姥。

♪北方人對外祖母的稱呼。例：姥姥帶我上街。

搭 ㄉㄚ dā

♪架設、架起。例：搭帳棚。

♪配合。例：搭配。

♪乘坐。例：搭車。

棚 ㄆㄥˊ péng

♪用竹、木、鋼鐵等材料搭建，可供藤蔓植物攀爬，或覆上茅草、帆布而成的篷架。例：涼棚、草棚。

踢腳踢腳班班

踢腳踢腳班班，
扳倒南山；
金山有哥，金大哥，
銀大哥。十八螺，
螺螺白，種蕎麥。
蕎麥開花，禿兒歸來。
燈草，麻油，
小腳姑娘環球。

踢 ㄊㄧ tī

♪用腳觸擊。例：踢皮球。

班 ㄅㄢ bān

♪為了工作或學習目的而編成的小型團體。例：資優班。

♪提供學習機會，採分班授課方式的行業。例：才藝班。

♪固定時間行駛的交通工具。例：班機。

扳 ㄅㄢ bān

♪向某一方向拉。例：向上扳開。

♪挽回頹勢。例：將比數扳平。

禿 ㄊㄨ tū

♪形容物體沒有毛、髮、草木、枝葉等。例：禿樹。

♪物體尖端鈍粗、不尖銳。例：禿筆。

搖搖搖 2

搖搖船，
搖到外婆家，
外婆留我吃碗茶，
茶呀茶，
茶在山上開茶花，
水呀水，
水在河底結蓮花。

留 ㄌㄧㄡˊ liú

♪停止。例：留下來、停留。

♪保存、保留。例：留餘地、留鬍子。

♪注意。例：留心、留意。

碗 ㄨㄢˇ wǎn

♪吃東西，盛飯菜湯水的食具。例：飯碗。

底 ㄉㄧˇ dǐ

♪器物或物體的最下部分。例：井底。

♪末了、盡頭。例：年底、月底。

♪根源、底細。例：尋根究底。

到處爬

小小絲瓜，
喜歡到處爬，
地上爬，架上爬。
小妹妹，
也喜歡到處爬，
東爬爬，西爬爬，
就是上不了瓜架！

絲 ㄙ sī

♪絲織品的總稱。

♪絲一般細長的東西。例：青青髮絲。

♪微小而細長。例：絲絲。

架 ㄐㄧㄚˋ jià

♪指一般有線條組織，具支撐或擱置作用的結構體。例：衣架、書架。

♪搭設。例：架橋、架帳棚。

♪互相毆打、爭吵。例：打架、吵架。

唱歌

媽媽打鼓，
爹爹打鑼。
打越鑼鼓，
我來唱歌。

爹 ㄉㄧㄝ diē

爹 爹 爹

♪子女對父親的稱呼。例：老爹、爹爹。

來 ㄌㄞˊ lái

來 來 來

♪到。例：來臨。

♪未來的、下一次的。例：來日、來年。

♪事情臨頭、發生。例：這下問題來了！

小小裁縫師

風是雲的裁縫師，
剪出漂亮的服飾；
春是風的裁縫師，
裁出美妙的姿勢；
我是小小裁縫師，
縫出媽媽的心思。

裁 ㄘㄞˊ cái

♪文章的格式。例：體裁。

♪割、剪。例：裁紙。

♪刪減。例：裁員。

縫 ㄈㄥˊ féng

縫 ㄈㄥˋ fèng

𝄞 ㄈㄥˊ

♪以針線綴補。例：縫合傷口。

𝄞 ㄈㄥˋ

♪縫合的地方。例：衣縫、鞋縫。

♪空隙。例：門縫、裂縫。

思 ㄙ sī

♪想法。例：心思。

♪想念。例：思念。

♪考慮。例：思索。

小球王

大家來玩玻璃球，
剪刀、石頭、布，
你贏我輸，
我贏你輸，
誰是小球王？
輸了我不哭。

玻 ㄅㄛ bō

♪一種透明的物體。例：玻璃。

贏 ㄧㄥˊ yíng

♪勝利。例：輸贏。

♪多餘的。例：贏餘。

輸 ㄕㄨ shū

♪搬運。例：運輸。

♪失敗。例：打輸了。

♪抽出。例：輸血。

讀兒歌學中文 3

2009年2月初版 定價：新臺幣260元

編著	聯經編輯部 漢語學習小組	
發行人	林載爵	
出版者	聯經出版事業股份有限公司	叢書主編 黃惠鈴
地址	台北市忠孝東路四段555號	編輯 王盈婷
編輯部地址	台北市忠孝東路四段561號4樓	校對 楊金龍
叢書主編電話	(02)27634300轉5046、5053	內文排版 林琮諺
總經銷	聯合發行股份有限公司	封面設計 陳巧玲
發行所	：台北縣新店市寶橋路235巷6弄6號2樓	繪圖 孫家裕
電話	：(02)29178022	
台北忠孝門市	：台北市忠孝東路四段561號1樓	
電話	：(02)27683708	
台北新生門市	：台北市新生南路三段94號	
電話	：(02)23620308	
台中分公司	：台中市健行路321號	
暨門市電話	：(04)22371234ext.5	
高雄辦事處	：高雄市成功一路363號2樓	
電話	：(07)2211234ext.5	
郵政劃撥	帳戶第0100559-3號	
郵撥電話	：27683708	
印刷者	文鴻彩色製版印刷有限公司	

行政院新聞局出版事業登記證局版臺業字第0130號

本書如有缺頁，破損，倒裝請寄回發行所更換。 ISBN 978-957-08-3381-2（第3冊：平裝）
聯經網址：www.linkingbooks.com.tw
電子信箱：linking@udngroup.com

國家圖書館出版品預行編目資料

讀兒歌學中文 3 /聯經編輯部編著．
初版．臺北市：聯經；2009年2月
（民98）；156面；18×18公分
ISBN 978-957-08-3381-2（平裝）

1. 漢語 2.兒歌 3.讀本

802.83 98000931